박동석 시집
시는 말, 말은 시가 되어

국립중앙도서관 출판시도서목록(CIP)

시는 말, 말은 시가 되어 : 박동석 시집 /지은이 : 박동석. -- 서울
: 한누리미디어, 2014
    p. ;   cm

ISBN 978-89-7969-477-2 03810 : ₩10000

한국 현대시 [韓國現代詩]

811.7-KDC5
895.715-DDC21   CIP2014011852

박동석 시집

시는 말
말은 시가 되어

한누리미디어

自序

시는 말
말은 시
말을 글로 쓰면 시
시를 짓는 것은 말 짓기 하는 거다
고르고 다듬어 지으면
고운 시가 되어
말의 향기 퍼져나리니...

하던 일 벗어나 용인 죽전에 터 잡고 살며
류재덕 학우를 만나 詩 창작공부를 같이 시작했다.
세월 따라 살면서 계절의 길목에서 피고 지는 꽃과 나무
오가는 여행지의 아름다운 풍경을 스냅 사진 찍듯
가족들과 지내는 하루하루를 앨범처럼 詩로 써 남기고 싶었다.
뒤늦게 시작한 詩作 공부가 한 권의 시집으로 나오기까지
손잡고 걸어온 아내가 등을 두드려 격려해 주고
미국에 사는 11살 손녀는 시를 쓰고 표지 그림도 그려 보내주었다.
죽전시문학회 문우들과 매주 목요일 모여 써온 시 한 편 두 편을
함께 읽고 다듬으며 김태호 시인의 지도 아래 詩의 틀을 만들어 왔다.
홍윤기 원로 시인께서는 『한국현대시문학』에 등단 추천해 주시고
바쁜 시간에도 작품해설을 써 주시는 후의를 베풀어 주셨다.

8

늦깎이 시인으로 세상에 드러내 주신
두 분 시인께 이 자리를 빌어 깊은 감사의 말씀을 드린다.

2014년 철쭉꽃 피는 봄

朴東錫

시는 맑 맑은 시가 되어

차례 Contents

박동석 시집

네잎 클로버 찾아

차례 Contents

제**3**부

늦게 배운 말짓으로

| 박동석 시집

오가는 길목에서

제 4 부

차례 Contents

꽃 심고 나무 찾아

흐르는 계절 따라

15

1부 | 손잡고 노을빛 바라보며

그대는 장미
— 사랑하는 아내 생일에

곱게 자라 피어난
고운 분홍이었어라
수유리 장미원 언저리
그대 보러
마음 설레 달려갔더니
해맑은 웃음으로
거친 내 손 잡아 주었지
정릉에 조그만 온실 화원
줄기 난 가시에
찔리기도 했네만
골목으로 들판으로 나다니며
그대 많이 괴롭혔지
어느 땐 산으로 가
바람에 춤추는 단풍잎
소리 없이 내리는 겨울눈
편지에 전했지만
그것은 바람결 노래일 뿐
혼자 힘들어 지친
당신 마음 달랬을까
이제, 장미
넝쿨로 무성해져

박동석 시집

큰 가지 작은 가지
봉오리 맺는 분홍 장미
그 한 송이
내 가슴에 오래도록 피어 있네.

기도 · II

본 적도
들은 적도 없는
깨끗함으로

바위 틈 이끼 내린 샘물
연노랑 꽃 찾는 나비

두 눈 감고 머리 숙여
무릎을 꿇어라
단잠에서 깨어난 아가
엄마를 부르듯이

네 몸의 시꺼먼 먼지를 털고
허망한 껍질일랑 벗어 버리고
너의 머리 몸에 간직한
순수(純粹)만을
나직하고 내밀하게 아뢰어라

황초 불빛
은총으로
너를 감싸 안으리니.

수영장에서

밤새 잠을 잔
파란 물빛
가지런한 레인 따라
고운 살빛 인어들
팔을 젓고
다리로 물장구쳐
개구리
돌고래로
하얀 물거품 내며
물살 가른다
원초의 몸짓
태어나기 전
배웠다던가
물에 비친
아침 햇살
창으로 새어들어
활기찬 하루를 알린다.

토란 같은

여자 마음
매끄러운 토란 같아
알 수가 없네

웃으며 손잡아
다정했는데

밤새 돌아누워
왜 그러는지

이웃네 자식 자랑
남편 자랑
맘 상해 그러는가

나날이 사는 형편
그저 그래
짜증도 나겠지만

빈 빨랫줄 받친
바지랑대

구름 가는
하늘만 바라보네.

생강 까기

김장하는 아내 곁
생강 까는 수도 고행

올망졸망 멋대로 생긴 심술쟁이
진흙투성이 개구쟁이 머리통

칼로 긁어 까노라면
껍질과 진흙 튀어
눈은 맵고 시리고
손톱 밑 까매져
뒤집고픈 성질 꾹 누르고
자르고 싶은 잔뿌리
지은 농사 생각해 참는다

남의 일하는 듯
억울한 생각나도
파 써는 아내 보며 지워 버린다

김치 익은 한겨울
가족과 둘러앉아 먹을 즈음
상큼한 생강 맛
고행 보람 그제야 알겠지.

비문증(飛蚊症)

어느 날 깨어 보니
눈 앞에 파리 한 마리
아니
모기 하나 앵하고 날았다
웬 모기?
허공에 팔 휘둘러도
이리 날고 저리 날아
눈 감으면 없어지고
눈 뜨면 다시 날아
안과 의사 '비문증' 이네요
－모기가 나는 증상－
어쩌지요?
데리고 사세요
눈 안에 모기를?
맑은 우물에 떨어진 가랑잎 하나
건지려고 물을 다 퍼?
놔두고 써야지요
나이 들어
하나 둘 버리고 살렸더니
새 친구 사귀었네
허허 웃으며 살 수밖에.

| 박동석 시집

잊고 잃어버리고

바보야 바보
맨날 잊고 잃어버려
엊그제 친구 만나
멋 부리고 자랑하며 쓰던 모자
술 마시고 즐기다가
버스 타고 전철 타고
머리가 허전해서
쓰고 온 모자 생각
버스에서 벗었는지 전철에다 두었는지
십여 년 전 사서
아끼고 아꼈는데
값이야 고사하고
언제 그 모자 다시 사랴?
까짓 술 마시고
잃은 것 잊어버려
속상하고 야속해도
술자리는 멀리 못해
허전하고 야속해.

퇴행성 증상

눈이 침침 가물가물
노안증상 약이나 먹으라네

산마루 올라서니 무릎이 시큰시큰
퇴행성 관절염 약 먹고 쉬라 하네

단풍 고개 넘는 나이
여기 아파 저기 저려
이런 약 저런 약 봉지만 수북 쌓여

세월의 강 저어온 배
새 것으로 바꿀 수 없으니
있는 대로 쓸 수밖에

제 딴엔 팔팔하다 우기네만
저녁노을 아래 고운 단풍잎
그리로 눈길이 자꾸 가네.

| 박동석 시집

회상(回想)

그대를
사랑하며
손잡던 때

아재는 말하였지
'여인은
물과 같아
그릇 따라 모양 지고
마음 따라
맑기도 하노라'

이만큼 같이 걸어
저문 강물 위에
비추어진 그대 얼굴
나 때문에
주름진 건지
웃으며 묻는다네.

노부부 사는 날들

어찌 보면 산다는 게
허구한 날
그저 그런 다반사(茶飯事)라

앞마당 오동나무에
까치 가족
알 낳고 품어 새끼 기르기 분주하다

저녁노을 고운 때도
비바람 궂은 날도 있었지만

아궁이 타던 숯불
질화로 담아 불씨 다독이며
지나온 나날이었지

어두워지면 둘이서
남은 온기로 불 밝히고
도란도란 얘기 꽃 피워
또 하루를 넘긴다.

| 박동석 시집

눈 오는 저녁에

눈 내리는 저녁
그대여
숲 속 하얀 카페에 가자

지붕 가득 눈은 쌓이고
벽난로 타는 불
따뜻한 동굴
유리창 사락사락 소리 낸다

얼굴에 흘러내린
흰 머리칼 쓸어주고
바라보던 아름다운 노을과
아이들 재롱 이야기

불빛에
와인 잔 붉어지고
가슴 울리는 첼로 소리
아련해지는 밤
흰 눈 덮어 하얗게 새어가네.

어머니의 기도

뒤란 감나무 가지에
새벽달 걸릴 즈음

닭장 안 어린 수탉
어머니 졸린 잠 깨워
옷고름 고쳐 매고
쪽진 머리에 물동이
텅 빈 샘터로 내려서신다

밤새 내린 하얀 서리
차갑게 시린 물 한 대접
장독에 올려놓고
빌고
또 빈다

나의 태를 달고
세상 밖으로 나온 그 아이들
바르라고
바르게 되라고
손 모아
엎드린 허리 위에
푸르른 달빛이 비추인다.

박동석 시집

기차 통학

까만 석탄
빨갛게 태워
검은 연기
하얀 김을 뿜으며
나지막한 고갯길도 버겁다고
쉰 목소리 내지르며 칙칙 폭폭 달리던
검정 기차
허구한 날
검은 교복
까만 운동화
까까머리 학창시절
희뿌연 새벽에 나가
새까만 밤중
집으로 돌아오던 일
까맣게 잊고 살다
머리 하얗게 센
지금에야
그 모습
흑백의 추억으로
그리워진다.

고향집 아랫목

시린 손 호호 불며 찾아드는
초가집 안방 아랫목
어머니가 언 손 녹여주셨지

깔아둔 누비이불 아래
더운 밥주발 묻어
큰아이 기다리시고
동생들 키우시던 어머니 모습

밑바닥은 언제나
사랑과 정이 배어
가마솥 누룽지마냥
누릇누릇 그을려 있었지

눈비에 주저앉은 토담
눈에 아련한 시골 초가집
아랫목 없어져
이 겨울 추위도
봄바람으로 가슴에 남아 있네.

| 박동석 시집

2부 | 네잎 클로버 찾아

*In December, Poem, Home, Lost, 밤의 귀신들 5편 작품은
손녀 지우가 쓴 시이다. 첫놀에 미국에 가서 초등학교 5학년이
되어 영어로 시를 쓰고, 한글시 '밤의 귀신들'을 썼기에
할아버지가 번역하여 실었다.

청개구려와 이른둥이 준모는 사랑스러운 손주들 모습이다.

기도 · I

하늘과 땅에
잔잔한 바람이 일어
구름은 하얗게 흐르고
파란 물속 어린 고기
비늘을 반짝인다
가녀린 나뭇잎이
빛을 바라 얼굴 내밀고
조그만 아기는
빨간 꽃을 들고 아장거리네
존재(存在)와 당위(當爲)를
만드신 분은
오직 한 분
있는 것을 있게 해 달라고
있어야 할 것도 있게 해 달라고
다만
빌고 빌어 본다
그 분에게.

| 박동석 시집

네잎 클로버

노을 드리우는 저녁
탄천길 거닐다가

하얀 꽃 핀
초록 클로버 밭에서

아내는 꽃으로
손녀에게 반지 주고
손자에겐 꽃시계를

어렵사리 눈에 띈
네잎 클로버
딸과 아들에게

또 하나
곱게 펴서
사랑의 갈피에 접어두고

그 마음
잎새에 담아 준 사랑
모양대로 오래 하리이다.

첫 영성체

—지우에게 주는 시—

오월 초엿샛날
해는 하늘에 높이 뜨고
종달새 노래하며
길가 튤립은 빨갛게 노랗게 하얗게 피어났다

하얀 원피스 차려 입고
머리에 흰 장미화관 쓰고
성 캐서린 지우
조용히 걸어 나간다

'저 분의 살을 먹고 피를 마시는 거야'
어떻게?
'그 분이 살 대신 빵을 피 대신 포도주를 주실 거야'
먹고 마시면?
'너의 살이 되고 피가 되는 거란다'

캐시야
너의 눈이 밝아 더 많이 보고
넓은 세상 다니면서
오늘의 새하얀 옷이
흙탕에 젖지 않고

먼지에 절지 않게
기도하며
고해(告解)로 씻어 내려라

너의 나무 무성히 자라고
머리 위 화관은 빠알간 장미로 꽃피우리니.

In December

by jiwoo Choi

In december all things are glassy,
    ivory-colored on silent nature.

In houses on snow days,
    strong and warm food settles children

In a very plush and silky way, on Christmas,
    everything is crimson, teal and milky with well-dressed
    men and women struggling against the rough, harsh wind.

Inside malls,
    people are Christmas shopping, whistling
    with handfuls of packages or roaring at maids
    for not buying the right presents

In December···
    the first snowflake may fall.

| 박동석 시집

12월에는

박동석 역

보이는 것들
소리도 없이
무덤덤한 잿빛

창밖엔 눈 내리고
엄마가 차린 따뜻한 음식에
아이들 좋아라 즐거워 하네

빨강, 초록으로 장식한 크리스마스
매섭게 몰아치는 바람 불어
두툼한 옷깃에 고개 묻고 오가는 사람들

휘황한 백화점에서는
쇼핑하며
손에 손에 꾸러미 들고서
사야 할 것 아직도 모자라다고
휘파람 불어대듯 왁자지껄

12월에는
눈발이 펄펄 내릴거야.

Poem

by jiwoo Choi

Does that word strike your fancy?

POEM

It' s certainly not a extravagant word.

But it' s what you' re reading right now.

시

그 글 보곤 무얼 상상하지?

별로 호사로운 말 아니야

지금 읽는 이야기

그게 바로 '시' 야.

Home

by jiwoo Choi

Eleven year's I've spent,

Living in a well-known place

But most heart-warming is the place

Where I should be, not where I am.

고향

내가

11살이 되도록 살아온 곳

너도 알잖아

내 가슴에 살아 숨쉬는 곳은

여기보다는 고향인 거야.

Lost

by jiwoo Choi

Excerpt from my story,
Werewolf Girl,
called Lost:
Sometimes
I see myself again
Whole, not in between,
Not a terrible, fiendish creation,
Not
A
Monster.

| 박동석 시집

늑대 소녀

소설에서 보았던
늑대 소녀 '로스트'
어떤 때는
나를 똑 닮은 계집애
무섭지도 않고
악마도 아닌
더더구나 괴물은 아니야.

밤의 귀신들

최지우

밤은 깊고,

아침에는 맑았던 하늘이 까맣게 칠해졌다

밤의 귀신들이 모이면 무사할 수 없다

인간을 찾으며 굶주리는 칼리

동그란 보름달이 나오기를 기다리는 늑대인간

박쥐로 변신해 나는 흡혈귀

전기로 살아나 복수를 꿈꾸는 프랑켄슈타인…

밤의 귀신들이 모이면, 무사할 수 없다.

청개구리

네 살배기 우리 준휘
봄비를 기다리네

이모 선물
녹색의 우비 우산 쓰고 싶어

기다리던 보슬비에
좋아라 마당으로
우산에 올라앉은 눈망울 큰 청개구리
연잎에서 풀섶으로 이리 뛰고 저리 뛰고
소원 푼 휘야 깡충깡충 빙글빙글
하얀 꽃 이팝나무 웃으며 바라보네

아이야 들어 오렴
비 맞으면 고뿔든다
샘이 난 네 동생
하고 싶어 칭얼대고
엄마 손도 젖는단다.

이른둥이 준모

이른둥이 우리 모야
하늘 별 네모 돌이

무엇이 궁금해서
이 별에 일찍 왔니

우리 모두 걱정해도
웃음으로 대답하네

엄마 보면 함박웃음
함마에게 방긋방긋

형아에게 빨빨 기어
장난감 달라 하고

형아 녀석 심술 주먹
앙하고 울어제껴

아가야 웃어보렴
엄마가 얼러 주네.

| 박동석 시집

기다림

손주들 온다기에
마음 설레어
창문 열고
마루부터 쓸고 닦네

어련히 올까 봐
이제 오나 저제 오나
마당을 흘끔흘끔
조급증에 지청구 듣는다

'합빠, 함마' 부르며 들어서면
온 집안 들썩들썩
재롱떠는 잔치 마당
웃음소리 넘쳐나네

회오리바람 휘젓듯이
뒤집어 놓고
'안녕' 하고 돌아서면
그래도 아쉬워
언제 다시 올까
기다리는 맘
할머니 할아버지 그 마음.

3부 | 늦게 배운 말짓으로

말짓

시는 말
말은 시
말을 글로 쓰면 시
시를 짓는 것은 말 짓기하는 거다

막 깨어난 노란 병아리
'귀여워라'
푸른 바다에 떠오르는 붉은 해
'오! 아름다워'
감상을 쓰고

노래는 소리짓
그림은 붓질
춤추는 소녀 예쁘게 몸짓하듯

어린 아가 옹아리
연인들 사랑의 속삭임도

고르고 다듬어 지으면
고운 시가 되어
말의 향기 퍼져 나리니.

신호등(信號燈)

초록
빨강
노랑빛 신호등

가고
서고
돌고
기다리세요

차든
사람이든
있거나 없거나

한적한 큰 길이나
번잡한 도시 네거리에도

너와 나의 약속
아름다운 색깔의 주문

우리 서로 맺었기에
약속은 지켜야 하느니.

누에

무슨 꿈을 꾸었는가
나만의 껍질에서

알에서 깨어나
첫 디딤을 개미처럼

잘게 썰어 향기 밴 뽕잎
사—각 사—각 먹고 자고
자고 먹고 몸집 키워 간다

잎 따러 밭에 가고
밥 주며 자리 살펴
할미 허리 휘어지네

식탐과 포만을
다 뱉어내고
맑고 투명한 액
속살 채워
나무 섶에
길고 가는 실로
새하얀 고치 짓는다

| 박동석 시집

나, 나방 되어
푸른 뽕나무 가지에 깃들지니
할미여
내 집 풀어 고운 명주 가지소서.

고요

고즈넉한 산사에
안개비 내립니다

사람들 아니 오고
경(經)소리도 없습니다

처마 아래 고인 물에
동그라미 그려지고

연잎에 내린 비는
구슬을 만듭니다

매달린 목어(木魚)
구름 따라 헤엄치고

마당가 수선화
수줍게 꽃 피울 제

마루 위 아기 스님
조을고 있습니다.

| 박동석 시집

물총새

'첨벙,
흐르는 물에
자맥질하는
진보라 물총새
동그라미
하얀 거품
긴 부리에 송사리 물고
노란 입 벌리고
새끼 기다리는
둥지로 날아가 버리면
앉았던 버들가지
파르르 떨다 말고
친구 잃은 송사리들
그냥 헤엄치는데
개울물은
무심히 흘러
목숨 하나
사라진 슬픔
아무 일도 아닌 듯
물총새가 날아간 자리.

닭장 정경

햇살 따스한 닭장
노란 병아리들 모여
기대어 졸고
어미닭 모이 찾는다
기운찬 젊은 수탉
암탉 곁에 다가드니
늙은 장닭
홰를 내려 덤벼든다
벼슬 쪼아대고
발로 차서
저쪽으로 내어치니
머쓱한 젊은 녀석
꼬끼오 소리쳐대
병아리 놀라며 흩어지네
닭장 앞
맨드라미 수탉 벼슬
빨갛게 볏을 세워
웃으며 바라보네.

박동석 시집

원두막 얘기

산자락 뙈기밭
덩그마니 올라앉은 원두막
어둠 속 고요한 밤
성긴 밀짚 사이
별빛 새어들면
한잔 막걸리에 얼큰한 할배
다리 뻗고 몸을 누인다
뻐꾸기 둥지로 날아가고
부엉이 짝 찾는데
더위 먹은 누렁이 잠이 드니
부스럭 살금살금
저 녀석들
들어 왔네
아랫집 막둥이 옆집 둘째
설익은 참외 따지 말고
넝쿨은 밟지 마라
누렁이 잠 깰라 조심하고
낼 모레 오는 손주 거는 남겨두거라
할배 숨소리 너그러이 참는다.

얼음(氷)

차갑고 시린 겨울
물 얼어 얼음
영하(零下)에로 고집하는 엄동이 제 철

영겁의 세월까지 품어
가진 대로 간직할 뿐
맑고 맑은 수정(水晶)

모질고 강해
깨져 부서져도
구부러지지는 않으리니

따뜻한 햇볕
다정한 입김에야
눈물 지어 수줍게 녹아 흐르고

겨울엔 얼지라도
봄이면 풀려
결국은 물이 될 것을.

60

지우개

하얀 종이에
무심코 써 놓은
낙서 몇 줄
쓱쓱 먹어치운
고무 지우개

시치미 뚝 따고
꿀 먹은 벙어리로
딴청 피우며
저만치 나앉았네.

곶감

빨간 속살 부끄러워
뒤란 툇마루에 숨어
나란히 손잡고
가을 햇볕에 몸을 맡기네

키워 준 나무
달린 잎새 붉게 물들어
바람에 손짓하고

높은 가지 남겨둔
두어 개 홍시
까치 친구 만나는 한낮

벗은 살결에
햇살 바르며
부드럽고 달콤하게
하얗게 분 바르며 단장한다네.

연(鳶)

설 지난 파란 하늘
하얀 연 하나
산과 강 넘나들며
바람 타고 오르내리네

높은 꿈 싣고 날아
넓은 세상 보고 싶어
연처럼 되고팠지

숲에 들어
나무에 부딪치고
연(緣)줄에 매여
살아온
우물 안 작은 개구리였네

연아 날아라
해맑은 저 하늘에
가진 줄 모두 풀어
마음껏 솟구쳐
갈구하는 소망
이상과 자유
맘껏 떨쳐 보려무나.

무지개

태풍 '카눈' 이 오던 날은
아침 하늘
아파트 지붕 위로
무지개 떴지

어릴 적
비 그치면 뜨던 무지개
보·남·파·초·노·주·빨
큰 소리로 노래하며
무지개 뿌리 찾아
방죽에 있네
산 위에 있네
아이들
우기며 재잘대었지

오늘 아침
아련한 무지개 빛깔
빨·주·노·초·파·남·보
그 이름 되새기며
설레는 가슴
그 때를 생각하네.

64

| 박동석 시집

군고구마

어둠이 내려앉은 길모퉁이
싸늘한 찬바람에
고구마 굽는 달콤한 냄새
겨울의 정취를 풍겨주네

허름한 리어카 위
기관차 연기 나는
둥그런 드럼통엔
고구마 누렇게 익어가고

털모자 눌러 쓴 할아버지
허연 장갑 까매지게 뒤적이며
장작불에 언 손 녹인다

손잡은 연인들
고구마 흰 봉지에 정을 담아
웃고 가면

집에서 기다리는 가족들 생각나
불길 다독여
돌아가는 발길 서두른다.

훈맹정음(訓盲正音)

11월 4일, 점자의 날
훈민정음 뜻 맞추어
훈맹정음 창안한 날

단풍 고운 남산 길을
시각 장애인과
나란히 걸어가며
'저 앞에 도랑 있소, 저 사람들 또 나왔네'
그네들이 먼저 알려 준다
어떻게 아느냐고?
하얀 스틱 촉감,
소리만 듣고도 다 안다오

국립극장 넓은 마당
만담 소리, 노래 자랑
사물놀이 화음은 어찌도 잘 맞는지
손수 만든 떡 나눠 주고
수영도 잘 한다며
그들은 말하기를
'사는 데 불편할 뿐이라고'

시각장애 글 만드신
'송암' 선생 덕을 기려
가족들 모두 모여 기뻐하고 잔치하네.

*1926년 11월 4일 조선총독부 산하 제생원 교사 송암 박두성 선생이
창안한 시각장애인용 한글점자를 '훈맹정음' 이라 부름.
2012년은 30주년 점자의 날 기념하는 해임.

시는 말, 말은 시가 되어

몸뻬 입은 수녀
―행복의 집 원장 김순여 시몬님께

'제가 수녀인가요'
'네 맞습니다'
'성스럽지 않아 좋으시네요'

남향받이
산기슭 나무숲에
아담한 요양원
햇살 들인 장독대
색깔 고운 꽃들 모여
반갑게 웃고 있네

살아온 날들
기억을 잃어버린
아파 누운 어르신네
부모 형제처럼
밤낮으로 보살피네

뒷날 우리도 올 데라고
모여 사는 도우미
젊은이들 앞에
몸뻬 입고

감자 심고 꽃 가꾸는
호미 든 수녀
맑은 눈 천사 같아
모두가 본받으리

하늘 아래 천국
여기 꽃동네 일구었네.

불 꺼진 국수집

동네 안길
허름한 상가 모서리에
'칼국수집' 새로 생겨

어머니, 며느리 모두 나와
밀가루 반죽하고
멸치 국물 내면
풍기는 그 냄새
동네거리 구수했지

비라도 오는 날엔
칼칼한 칼국수 한 그릇 맛깔나고
추운 동짓날 새알심 든 팥칼국수
절기 찾아 먹었는데

여럿이 가면 자리 없고
자동차 세우기 불편하여
찾는 이가 차츰 줄어

어느 무더운 여름날
찢겨진 간판 아래

식탁이랑 의자 용달차에 실려 가고
창문에 불이 꺼져

가게 얻은 빚만 남고
차린 목돈마저 사라져
문을 닫은 칼국수집
시름 잠긴 골목길
정을 팔던 국수집이여.

허수아비

안개 자욱한 가을 들녘
서늘한 바람 불어
텅 빈 논에
허수아비 혼자 섰네

찌그러진 밀짚모자
잠방이 흘러내려 여윈 다리
깡통 팔에 걸고
심술 난 고개
먼발치 바라보네

벼이삭 누렇게 일렁일 때
메뚜기들 붕붕 뛰고
날개 치는 참새떼 쫓아
오색 줄 흔들면서
우린
마냥 좋아했지

풍성한 타작마당
강아지도 꼬리치며
흥겨워 즐기는데

나는 낄 수 없는 거냐

이제
철새들 무리지어 높이 날고
이삭 찾아 들쥐 종종거릴 뿐
찬바람 눈보라 휘날려
아득한 벌판에
남겨진 허수아비
외로움과 서글픔을
어이 말하리.

진눈깨비

겨울 초저녁
진눈깨비 뿌려
스산한 가로등 빛
반들대는 길에 그림자들

가로수 빈 가지
찬바람이 시려
징징 운다

저녁 밥 지어 놓고
남편 기다리는 아내
날리는 진눈깨비 보며
창 밖에 귀 대고 기다리는데

대폿집 들러
만난 친구들
연탄불 둘러앉아
한 잔 두 잔 술잔 기울이며
늦은 귀가길 저울질하네.

74

4부 | 오가는 길목에서

독도

독도여

검푸른 파도 위에 우뚝 선
우람하고 빼어난 모습이여
크고 작은 바위 손잡고 둘러서
다정한 모습
얇은 이끼만 입고도
수만 년 비바람에 씻기어 조각진
아름다운 나신이여

잘난 그대에게 시샘과 질투를 하는구나
못난 사람들 시비를 거는구나

해와 달 비추이고
갈매기와
젊은 아들들 지키며
우리 모두 함께 하리니
영원하여라 독도여

온누리 사람이여 와서 보라
찬미하며 노래 부르자

저 늠름한 자태를
힘찬 파도 따라
함성을 지르자.

시는 말, 맑은 시가 되어

캠프파이어

젊은이들이여
모닥불 앞에
일어나
노래 불러라
춤을 추어라
사랑과 우정의 불꽃
장작불 지펴 맘껏 키워 올려라
불꽃은 하늘에 올라 별이 되고
지르는 함성 울려 퍼져
천둥이 되는구나
가슴 속 응어리진 멍울
때 묻은 껍질일랑
불속에 던져 버려라
타오르는 불길 영원하리니
저 빨간 불꽃 뜨거운 열기를
가슴에 담아 오래 오래 간직하거라
젊음은 식지 아니 하고 불타는 것
오늘 밤 지나면
내일은 해가 뜨고
또 비도 오려니
가야 할 먼 길 앞서

함께 춤추는 우리
오늘, 이 밤의 사랑과 우정
열정으로 타 올라
높이 높이 날아라.

도시에 살며

해가 떠도
구름에 가려
하늘은 잿빛
사방에 네모난 회벽
건물만 즐비하고
가면의 탈을 쓴 사람들
한 마리 벌처럼
제집 들고나며 하루를 지낸다
이곳에는 넘지 못할 선(線)과
하지 말아야 하는 금지(禁止)만 널려 있고
거미줄 얽힌 거리에
낯선 사람들 오고 갈 뿐
사랑과 우정도
푸석한 횟가루로 버무리는
삭막한 정글의 도시
무슨 미련으로 여기 있는가
먹고 자는 둥지 때문인가
눈을 떠 바라보면
저기 너른 들에 반짝이는 시냇물
바람에 들풀이 눕고 일어서 껴안고
나뭇잎 시원한 그늘

80

우리 부르거늘
나는 왜 그리로 가지 못하고
주춤대며 서성이는가.

다불(多不) 시대

보이는 것 들리는 것
가짜투성이
이 말 저 말 어느 것이 정말일까?

불량식품에 먹거리 걱정

날씨 더워
선풍기라도 틀라치면
거짓 부품으로 발전기 서 있대나

남의 글 베끼는 줏대 없는 선생님들
엉터리 삐뚜로 가르쳐
아이들 머리에 뿔이 돋고

돈 벌자고 만든 회사
주인 혼자 돈 챙겨 빈 껍데기
직원들 가슴에 파란 멍 남기기 일쑤

법 어기며 당선된 엉터리 의원
세금 내는 국민 앞에 배 불리기

땅 사라 펀드 들라
미끼 전화, 보이스 피싱
하루 종일 전화기 불이 난다

발 뻗고 잘라치면
로켓이다 핵실험이다
무섭고 두렵다네

저 하나 잘 먹고
잘 살려는 못난 짓거리들
여기저기 널려
하루가 불안하고
불쾌한 다불(多不) 시대여.

왈츠의 추억

랄라~ 랄랄라~
연분홍 드레스 휘감아
춤추는 여인 눈감고 꿈길 돌아간다

도나우강가
작고 아름다운 '울름'
밝은 달빛 받아
반짝이는 물결에
흥얼대며 여정(旅情)을 나누었지

―어떻게 알아?
―어릴 적
스트라우스 왈츠를 들었다네

고풍스런 참나무 선술집엔
맥주 거품 넘치고
벽난로 속 타는 장작 소리
술꾼들 거나한 지껄임도
왈츠 선율에 녹아들었지

84

'푸른 도나우강 물결은
달빛 안고 잔잔히 흐르는데…'

랄라~ 랄라라~
감미로운 왈츠의 선율
여인들 드레스 스치는 소리
빙글빙글
아직도 귓전에 남아돈다.

삼천포에 빠져들다
— 박재삼 시인 탄생 80주년 기념문학제에서

유월 첫 주말
남녘 삼천포에 가다

노산공원 박재삼문학관
열린마당 시(詩) 가득해
푸른 소나무 가지 하늘에 뻗고
앞바다 물결 출렁이더라

저 너른 바다에
점점이 늘어선 섬들
지나가는 통통배
달과 별 저녁노을 바라보며
조약돌 줍듯
한 줄 두 줄 써 나간 시(詩)
그 서정의 노래 실린
가난한 칠십 평생 애잔해진다

흐르는 강물 떠밀려
살아가는 우리네
어디에 빠져 본 적 있었는가

반짝이는 바다 물결
시인의 모습 가슴에 안고
돌아서는 발길이 무겁다.

탄천 풍경

어스름 노을 빛이
언덕길 물들이면
철 따라 피는 꽃들
고갯짓 살랑이고
서늘한 저녁 바람
탄천으로 나오라네

흐르는 시냇물은
비단을 펼치는 듯
무리진 잉어들이
불빛 따라 일렁이고
이삭 팬 갈대숲에
오리 떼가 자리잡네

혼자서 두셋이서
걷는 이 뛰는 사람
가슴에 담긴 얘기
귀엣말 나누면서
손잡는 연인 모습
그림자도 다정하네.

| 박동석 시집

백담계곡 돌탑

대청봉 높은 바위 아래로 굴러내려
바람에 쪼개지고 눈비에 씻기어서
둥근 돌 납작한 돌 색깔마다 아름다워

골짜기 파란 물 하얀 폭포 일으키고
나무들과 어우러져 숨긴 경치 자랑타가
겨우내 흰 눈 덮어 온 산을 잠 재우네

백담사 깊은 골은 만해 스님 거닐던 곳
스님의 자취 따라 예까지 찾은 이들
저마다 돌을 들고 탑 쌓으며 소원을 비네.

풍선을 타고

터키 카파도키아
마지막 밤의
졸린 눈 깨워
달려간 계곡
울긋불긋 부풀린 풍선들 널려
커다란 바구니에 콩나물로 서서
소리 없이 두둥실
지평선 아침 해가 우리들 반겨주네

장밋빛 물든 로즈밸리
가지각색 솟아오른 버섯바위
동물 형상 늘어선 조각공원
골짜기 가득 채워
오랜 세월 지켜온
자연과 신이 빚은 동화의 나라

산새도 둥지 내고
바위 속 집지어 사는 사람들
삼 천 년을 지나온 모습이라니

90

열기 채운 풍선 타고
구름 따라 이리저리
장난감 같은 세상 내려다보며
꿈속을 날아다니다
땅바닥 내려 샴페인 한 잔
즐거운 한 때였다네.

두타연(頭陀淵)에서

금강산 내리는 물
굽이진 골, 폭포 지나
두타연 깊은 못에
파랗게 모여 흐르네

백석산 하얀 바위
산자락 나뭇잎들
빨갛게 노랗게 갈색으로 덮여
푸른 소나무 사이
단풍 잔치 열리네만

멋대로 자라 엉킨 숲속
지뢰 표지 옆에
싸우다 떨어져 녹슨 철모
전쟁의 아픈 상처 남아
이 땅의 젊은 병사들
아직도 총을 들고
북녘 철조망 지켜야 하는구나

저기 한발 너머엔 금강산이
바람에

물소리에
행여 소식 들릴까나

'두타'
시름과 욕심 내려놓고
빈손으로 가라는데
맑은 물에 손을 담가
차마 돌아설 줄 모른다네.

*두타연 : 강원도 양구군 소재

먼저 가는 친구에게
―박문수 가는 길에

친구여
그대 먼저 가는구나
잡은 손은 놓았는가
가슴 속 마음은 비웠는가

햇볕 쨍쨍 여름 날
초등학교 어린 시절
횟배 앓던 자네
흙먼지 쌓인 길에 앉아 곧잘 아파했지
책보자기 둘러메고 신발 들고
업기에는 힘이 달려
발만 동동 굴러대었지

그대 세상 돌아칠 무렵
나와 길이 달라
함께는 못 했지만
지나는 소식 바람에 들려주었지

그대 웃는 영정 앞에
아들 딸 서럽게 우는구려

| 박동석 시집

이제, 하얀 국화 한 송이
그대에게 바치노니
가는 길 굽이마다
꽃잎 떨어뜨려 알리게나
뒤따르는 친구들
보고 찾아 가리니.

'별들의 고향' 으로 간 그대

— 최인호 작가를 애도하며

'주님이 오셨다, 됐다.'
딸내미 다혜의 손을 놓고
별들의 고향으로 그대 정녕 가셨는가

스무 살 즈음
김포 병영에서
그대 재담에 낄낄대고
연병장 오가며
손잡고 반갑던 때 잊지 못하지

젊은 우리
술잔 들고 낭만을 노래하던
영원한 청년, 그대여

눈 덮인 절 고승의 수행 이야기
드넓은 바다에서 장사하던 '해신 장보고'
봇짐 지고 조선 팔도 휘젓던 상인의 모습
그들과 이웃하여 살아본 듯
생생히 들려주던 필치!

96

이제 하늘로 가
그 동네 이야기 우리에게 들려주려나

까짓 병일랑 잊어버리고
우리 모두 사랑하며 살았노라
주님께
기쁜 마음으로
재미있게 말씀 드려 주시게나.

가을에 젖은 고성

산과 바다, 호수 어우러진
고성에는
가을이 익어가고 있었어

진부령 산자락
벚나무, 자작, 참나무
가을 햇살에
물드는 나뭇잎
수채화 융단이네

저 멀리 해금강 바다
푸른 물결은
하얀 포말 일으키며
우리에게 오라는 손짓을 하나
가슴만 적시고

향로봉 봉우리 저녁 해
화진포 호수에 노을 그려
갈매기, 고니에게
다시 오마
발그레 웃음 짓는다

| 박동석 시집

하늘 가린 금강소나무 샛길
불어오는
청량한 가을바람
흠뻑 빠져야지

걸어가야지
가을 속으로
젖어드는 가을 끝자락으로.

불장난

철부지 아이들 불장난
들불로 이어져
산과 들이 타고 집이 타
아닌 밤 날벼락이다

이백여 년 전
프랑스 혁명의 불꽃은
낡은 체제 태워 버려
불길 지난 자리
새싹 자라 새 세상 펼쳤거늘

저 이북 땅
붉은 욕망 번진 자리
재만 남아
불씨 가진 자들만
따뜻하게 배부르고
텅 빈 산야 내몰린 사람들
헐벗고 굶주리나
모닥불 앞에 앉아
오순도순 똑같이 나눈다고
말로만 잘 떠드네

| 박동석 시집

지난 육십 년 전
너희 허튼 불장난에
태워 버린 남녘 옥토 힘겹게 일궈
어엿하게 사는 형제들에
쌀 다오, 돈 내놔라
불장난 얼러대며 불안케 하는구나

이제는
우리 모두 손을 잡고
꽃 심고 나무 심을 봄날이 되었는데.

붉은 색안경

제 눈에 안경이라니
빨간 색안경 쓴 사람들
여기 저기 아무데나
빨간 깃발 휘저으며 나돌아다니고
휴전선 철조망 넘어
젊은 애송이를
겨레의 영도자라 외치면서
하얀 것을 빨갛다
곧은 것도 휘었다고 우겨댄다
먼 나라 해묵은 이데올로기 앞에
이 땅의 형제들 죽고 다치고
아파 울었거늘
몰라서 그러는가
알면서도 억지 부리는가
제집에서 밥 먹고
남의 마당 쓸어주는 철부지들
사람은 저마다 잘난 맛에 산다는데
누구를 받들어 고개를 숙이느냐
잘못된 이념은
머리 속에 도사리는 악몽의 굴레
양심은 가슴 속에

102

별 하나로 오래 남아 빛나는 것
그대들 별빛 따라
오늘 또 내일 맘 편히 살아가기를
바래.

우물 안 신부님

우물 안에서 하늘은
동전만하다고 가르친다

서해 바다 천안함 폭침은
남한 정부 조작이고
인도양 하늘 대한항공 비행기도
남한 사람 김현희가 폭파했다나

밀양 송전탑도 철도 파업도
제주 해군기지 건설도
모두가 정부 탓
나랏일은 대통령 혼자서 하나?

술자리 다투는 두 사람
예수님 믿고
부처님 믿는 다른 한 사람
이 싸움 예수님, 부처님 책임인가

인민이건 살붙이건
아침나절 재판해서
저녁에 총살하는 무자비한 북한의 만행에는

눈 가리고 입 다무는 비겁한 사람들

정의에 붉은 색칠하고
우물 밖 세상일에 사사건건
엉뚱한 정의를 구현하려 바쁘신 신부님
우리 신부님들
그 빨간 우물 도그마에서
어서 나와 깨어나소서.

청량사의 가을 밤

해 저물자
사람들 내려가
고적해진 청량사
울긋불긋 단풍잎
어둠을 물들이고
법고(法鼓)와 범종(梵鐘)
운판(雲板)과 목어(木魚) 소리
밤하늘 울려
우뚝 선 돌탑 위로
별빛 내린다
소슬한 바람
나뭇가지 흔들어
우수수 떨어지는 낙엽
어디론가 날아가고
병풍바위 높이 솟아
우람한 청량산
연화봉 아래
고즈넉이 둘러앉은
산사(山寺)
가을밤 깊어만 간다.

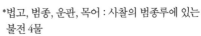

*법고, 범종, 운판, 목어 : 사찰의 범종루에 있는
  불전 4물
*청량사 : 경북 봉화군 청량산 연화봉 기슭에
  신라 문무왕 3년(663년) 원효대사가 창건한 절.

박동석 시집

5부 | 꽃 심고 나무 찾아

자작나무에 기대어

흰 눈 녹고서야
산자락에 선
자작나무 찾아
맑고 맑은 수액 한 모금 나누어
우린 한 몸이 된다

겨울 눈바람에 살랑이던
하얀 껍질
어린 연두 잎도
수줍게 손 내밀어
나를 반겨주네

여름이 오거들랑
잎새 가득 키워 그늘 펼쳐다오

하얀 네 몸에 기대어
노란 잎 물들 가을 속삭이며
저 높은 가지 위 흐르는 구름에
맞잡은 손 흔들어 주자.

| 박동석 시집

봄날에

갓 시집 온 새 아씨
노란 개나리 울타리에
창밖엔 하얀 목련
살구나무 분홍 꽃 함께
따스한 봄날 맞아 웃으려는데

시어머니 심술
구름으로
햇볕 가리고
찬바람 시샘에
꽃망울 놀라 머뭇머뭇
오던 봄 더딘 걸음이다

그래도
이만치 와 버린 봄날
꽃들은 피울 날
손꼽아 기다린다네.

철부지 아잘레아

파란 가을 하늘
햇살 살가워
봄에나 입으려던
분홍 드레스
두어 송이
화사한 자태 뽐내려니
철모르고 꽃을 피웠대나

고향에선
산과 들에
계절 따라 눈비 맞고
해거름에 꽃망울 키우거늘

유리창 베란다 안
기울여 준 가을 햇볕
물과 거름
걱정 없이
철부지
귀염둥이 피웠나 봐.

*아잘레아 : 봄에 꽃이 피는 서양 철쭉

단체사진

울타리 앞
꽃밭이 수런수런
단체사진 찍는다나
예쁜 꽃 고운 잎새
자태를 뽐내야지
키 작은 채송화 분홍 노란 옷 먼저 앉고
봉숭화 금잔화 분꽃 맨드라미
키대로 서 보거라
해를 보고 방긋
예쁘게 웃어야지
빨간 다알리아 옆에 서고
닭벼슬 맨드라미 뒷줄에 서려무나
해바라기 키가 커서 얼굴이 안 나오네
잠깐
줄 타고 위에 놀던
조롱박 여주박은
못 내려와
사진을 못 찍었다네.

나의 아잘레아

반가워라 아잘레아
지난 해 꽃잎 지우고
새 봄에 온다더니
앞뜰 베란다에 가득 피어
가지마다 연분홍 꽃
아름답구나

뿌리와 네 몸
늘 내 곁에 있어
물주고 살폈지만
긴 여름과 겨울
너 그리워 기다렸지

분홍 드레스
겹겹의 프릴
화사한 자태
일어나 잘 때까지
네 곁 떠날 수 없어
해 돌아 맞는 먼 여정을
소곤대는
너와 나
이 봄날 마냥 즐거워라.

*아잘레아 : 서양 철쭉
*프릴 : 옷에 장식한 주름

철쭉꽃 진다고

철쭉꽃 피었다
시든다고
마냥 서운한 것 아니더라

꽃 진 자리
새순 연두
초록 치마 차려 입듯

꽃이야
스무 날 남짓 피었다 져도
잎이야 열두 달 푸르지 않니

하늘로 뻗치는 나뭇가지
새로 난 이파리들
무성히 매어 달고

나는
햇살 겨운 가지와 잎
물주며 보살펴
내년 봄 기다리려네.

미루나무 추억

강나루에 미루나무
키다리 멋쟁이들
떠오르는 햇살
살랑살랑 잎새들이 부르고

높은 가지에
둥지 튼 까치들
'깍깍' 소리
아침 잠 깨고
한낮 땡볕에는
매미도 맴맴 울었는데

하얀 나무 속살
성냥개비 젓가락으로
우리네 친구처럼 살았었지

세월 지나
세태 변해
지금은 다 베어져
그 나무들
만나기도 어렵다네.

| 박동석 시집

유월의 벼논

유월의 무논 벼는
연초록 옷을 입고
물장난 즐겁다네

옆으로 나란히
앞줄로도 나란히

햇님 보려 똑같이 고개 들고
바람 따라 덩달아 춤을 추네

물속에선 올챙이 헤엄치고
뜸부기 저 멀리서 노래하네

가을이 오거들랑
노란 옷 갈아입고
메뚜기 참새들과 술래잡기
허수아비 아저씨랑 마당놀이하자꾸나.

배롱나무

초여름 무더위에
배롱나무 꽃망울 터뜨려
긴 여름 백날 피고 진다

수수 알갱이처럼 하나 둘씩
활짝 꽃 피우면 분홍빛 양산
노랑 저고리 다홍치마
머슴애들 둘러 세워
시집 오는 새색시
수줍은 연갈색 속살
바시시 가지를 떨고
떠나간 벗
두고 온 고향 그리워
사무친 그대 향해
잎새 흔들어 손짓한다

빨간색 가을을 물들이고
잎 떨구어 벗은 몸 안쓰러워
짚 새로 싸 다독이며
오는 봄 기다린다네.

│ 박동석 시집

카멜레온 꽃

식물원 꽃과 나무
여름 지난 얼굴들 마주치다

앙증한
화분 하나
우리 집 베란다에

해 보면 빨간 줄기
못 보면 초록 색깔

연분홍 귀여운 꽃
낮에는 피었다가
밤에는 부끄러워 접어 두고

동화 속 어린 소녀
색동옷 입고
제멋에 겨워 방끗방끗

누군가 채송화 변종해서
'카멜레온'
예쁜 이름 지었다네.

박꽃

이슥한 초가을 밤
구름 사이 달빛 드니
초가집 둥근 지붕
하얀 박꽃 피어 있네
지아비 여읜 그날
소복(素服)한 여인 같아

먼저 간 그 이에게
그리움과 외로움
넝쿨로 이어매어
크는 박에 고이 담고
귀뚜라미 우는 소리
긴 밤을 지새이네

이 가을 다 지나면
지붕 위 저 박속엔
그 많은 사연들이
씨가 되어 들었으리
지는 달 바래인 꽃
밤안개 살포시 감싸주네.

6부 | 흐르는 계절 따라

계사년 첫날에

검푸른 바닷가
높은 산봉우리에
떠오르는 붉은 해
소망과 염원 담아
기다리는 사람들
밝은 빛에 얼굴 물들여

새벽 내린 눈
하얀 산과 들
화선지에
첫 그림 그려놓고

언제부터
세월과 시간에 금 그어
작년이고 올해인가
해 따라 지구 빙빙 돌 뿐인데

아쉬움 속 기다림
하늘에 띄워
마음에 간직한다

동지 지나
한 뼘이나 길어지는 햇살
잎 떨구어 잠든 목련
언 땅 속에
뿌리 부풀리며
새봄 맞는 꿈을 꾼다.

봄의 숨결

언 땅 녹여 부풀려
틈새 하늘에 잇대이고
겨우내 잠자던 꽃다지도
움츠린 뿌리 펴
여린 새싹
노란 봉오리
틔우는 따뜻한 햇살
봄을 부르는 숨결이다

실개천 얼음 녹아
강으로 바다로 흐르게
물길 터주고
웅덩이 작은 물고기
깊은 강에 나가 살게 하는 것

어디 그뿐이랴
토라져 말 없던 친구
마음의 응어리마저 녹여
한바탕 껄껄대고 웃게 하는 것
이 모두 햇살 같은 봄의 숨결이다.

122

산으로

산에 가려는 건
듣고 보고 싶어서니

여울에 살던 열목어 떼
골짜기 폭포 아래
몇 마리로 늘었는지 알고 싶고

노래하며 짝을 찾던 장끼와 까투리
둥지에 품었던 알
꺼병이 깨었는지 보고 싶어

깊은 눈 속
다람쥐랑 고라니도
한겨울 어떻게 지냈는지 궁금하이

나무마다 연초록 야릇한 새순 돋고
산벚꽃 온 산에 분홍색 알록달록
친구야 가자꾸나
새봄 맞는 산속으로.

여름 밤

해 지고 어둠 내리면
별은 하늘에 등불을 켜고

산촌 마당 멍석 깔고
매캐하니 생쑥 태워 모기 쫓는다

저녁 드신 어르신네
담뱃대 들고 모여
가뭄에 타는 논밭
멀리 떠나 사는 자식들
두런두런 이야기 이어가면

옥수수 먹던 아이 꿈나라 가고
고단한 아낙들 코고는 소리에 맞춰

개구리 논에서 개굴개굴
앞산 부엉이 부엉부엉

모깃불 스러지며 반딧불 날고
밤안개 온 마을 부옇게 감싸안는다.

이브의 계절

아담과 이브가
옷 벗고 살던 세상
그 시절 그리운가

벗은 듯 입은 듯
늘씬한 다리
거리에 넘쳐나는 미녀들
아담네 눈 부셔라

찌는 듯 더운 날씨
벗으면 시원하고
감춰둔 아름다움
내친김에 뽐내야지

제철에나 보는 풍경
이 어찌 지나치리

한여름 이브들이여
고추잠자리 하늘에 날듯
마음껏 거리를 활보하소서.

비 오는 불곡산엔

비 오는 초여름
쇠잔등 펑퍼짐한 불곡산
구름에 가려

희뿌연 안개 속
나무와 풀들
내리는 비에 흠뻑 젖어드네

여인네 목욕하듯
그네들끼리 모여

이웃 소식 주고 받으며
새로 난 가지와 잎
보여주고
씻겨주고
마냥 즐거워하겠지

보고 듣고 싶네만
오라는 소리 없어
먼발치 서서
내리는 비, 그저
바라만 볼 뿐이라네.

| 박동석 시집

장마철 내리는 비

장마철 창문 두드리며
주룩주룩 내리는 비
젊은 사내 뜨거운 땀방울이다

꿈에도 못 잊는
가족 두고
멀리 남쪽 나라 일하러 가
쌓였던 사연 눈물 섞어
두런두런 이야기하는 거다

그립기로 말을 하랴
짬내어 왔노라고

밤이 이슥토록
창문 타고 내리는 빗줄기
굵은 눈물방울 여울져

강 따라
바다로 흘러
하늘의 구름 되어
내년 여름 육칠월
창문 두드리며 찾아오겠지.

지나가는 여름

지나고 나면
미련이 남는다지?
가을바람 불어
여름은 저만치 가 버리네

뜨거운 햇살에 그늘 찾고
잠 못 들어 뒤척이는 밤들
시원한 비 기다리다
세차게 내려 강물 넘쳐
이 여름 어서 가라 생각도 짬짬이 가졌었지

하지만 여름은
과수원 사과 빨갛게 익혀 놓고
땡볕으로 키운 벼
누렇게 들판을 일렁이게 하나니

백일 지난 배롱나무 분홍 꽃
꽃잎마저 하나둘 떨어져
비어 가는 가지
가슴에 바람이 서늘하누나.

128

묘원(墓苑)에서

아침 햇살 아래
산자락 지키는 묘원

까마귀 울어
정적을 깨네

영혼은 하늘 저 멀리 가고
하얀 뼈를 눕힌 묘지들
새까만 비석
생전의 이름 석자
뉘 보라 새겼는지

물기 없는 조화 다발
누운 이 위로 될까

나란한 묘지 사이
임자 없는
빈 자리에
눈길이 가는구나.

숲길

산으로 가는
호젓한 징검다리
흐르는 계곡 물 졸졸
색 고운 단풍나무 아래
외솔 길

나이 든 스님
허름한 바랑 속 담긴
아랫마을 사람들 하루살이
엿들은 바램을 꺼내
손에 든 지팡이로 툭툭치며
숲길 허적허적 걷는다
멀리 트인 하늘가
구름자락 흐르는 저기
조그만 암자

스산한 바람 나뭇잎 흔들어
서산에 해를 넘기고
숲길 어둑해져
먹이 찾던 다람쥐
도토리 물고
제 집으로 숨어 버린다.

| 박동석 시집

가을비에

스산한 가을비에 젖는
은행나무 노란 단풍잎

가을은
헤어지는 계절인가

뜨거운 햇볕
거센 비바람에도
여름을 버티었던
저 잎새들

젖은 보도 위에
쌓이다가

바람이 불면
어디론가 날아가
멀어지는데

비 맞으며
한 잎 두 잎 떨어져
텅 비어가는 나무 가지
그저 바라볼 뿐.

첫 눈

오는 편지 기다리듯
첫 눈에
마음 설레어

흩날리는 하얀 편지
해맑게 웃는 소녀
수줍은 사연일까
아쉬움만 저며 오네

쉬지 않고 내리는 눈송이

종이 위에
아무런 답 쓰지 못해
안타까워

두 손바닥 펴
하얀 편지 가만히 받아본다.

| 박동석 시집

즐거운 눈싸움

초등학교 넓은 마당
밤새 내려 수북한 눈
하얀 도화지

개구쟁이 아이들
뛰며 놀다
눈 뭉쳐 던지고
도망가고
쫓아가고

맞고도 재미있어
깔깔 웃는 즐거운 싸움

제풀에 넘어져 뒹굴다가
하얀 입김 내뿜어
파란 하늘에 눈구름 띄운다.

늦겨울 비

남녘 소식일까
보슬보슬 비 내리네
사흘 뒤 입춘이라
차가워 시린 겨울
이제야 가려나 보다

응달에 남은 눈
고집불통 얼음도 녹여
겨우내 엉긴 먼지
냇물에 흘려 보내네

앞뜰 매화나무
가지마다 물 올려
망울 부풀리고
오는 봄날
분홍 꽃 기다리네

학교 길 어린이들
파란 우산 노랑 우산 받쳐 들고
재잘재잘 빗속을 가네.

| 박동석 시집

작품해설

그리운 향리(鄕里)에의 서정미

홍 윤 기

일본센슈대학 대학원 국문학과 문학박사(시문학)
국제뇌교육종합대학원대학교 국학과 석좌교수
한국문인협회 고문/ 국제펜클럽 한국본부 고문

　　요즘 보면 대부분의 시인들은 제 고향을 잊어버렸는지, 아니면 아주 잃어버렸던지 간에 '고향 노래'를 부르는 시인을 찾아보기가 어렵다. 무엇 때문일까 하고 이따금씩 생각해 보지만 정답이 쉽사리 떨어지질 않던 차에 박동석 시집 원고 뭉치를 받아들고 읽으며 비로소 큰 감동을 받았다. 그렇다. 속된 말로 세상에 저 잘난 맛에 산다지만 어찌 제 본디 발자취를 숨기거나 지워 버릴 수 있겠는가. 서론은 생략하고 박동석 시세계를 좀 더 자세하게 살펴보기로 했다. 첫눈에 쏙 들어온 명편(名篇)은 〈누에〉다. 함께 조용히 낭송해 본다.

　　무슨 꿈을 꾸었는가
　　나만의 껍질에서

알에서 깨어나
첫 디딤을 개미처럼

잘게 썰어 향기 밴 뽕잎
사—각 사—각 먹고, 자고
자고 먹고 몸집 키워 간다

잎 따러 밭에 가고
밥 주며 자리 살펴
할미 허리 휘어지네

식탐과 포만을
다 뱉어내고
맑고 투명한 액
속살 채워
나무 섶에
길고 가는 실로
새하얀 고치 짓는다

나, 나방 되어
푸른 뽕나무 가지에 깃들지니
할미여
내 집 풀어 고운 명주 가지소서.

– 〈누에〉 전문

〈누에〉를 거듭 읽어 보니 이건 명편이 아닌 그야말로 박동

석의 명시(名詩)다. 필자는 지금까지 한국시단에서 이토록 구
구절절 누에의 일생을 절실하게 노래한 시인을 본 일이 없다.
일본 대학에 오래도록 재직하면서 일본 문화에 영향을 미친
우리 문화를 연구해 온 바, 일본의 누에는 고대 신라인들이
가져다 일본의 '명주' 산업을 일으켜 주었다는 것이 여러 저
명 일본 고대 사학자들의 정설(定說)이다. 그러나 '역사왜곡'
을 겁도 없이 자행하는 요즘 일본 정객들의 행태도 가관이려
니와 고대 신라인 진씨(秦氏) 큰 가문에서 7세기 경부터 일본
교토(京都)로 도래한 진씨 씨족 집단이 누에를 치고 비단을 짜
아 큰 부호가 되었다는 터전이 현재의 '우스마사'(太秦) 큰 지
역의 지명이기도 하다. 신라 여성들이 누에를 치고 비단을 잘
짜도록 독려하신 분은 다름 아닌 박혁거세왕의 알령왕비다
(B.C. 41년 [三國史記]). 교토에는 버젓이 고대 신라인들이 모
시던 '신라비단신'의 사당도 있으나 일인들은 저희네가 비
단을 짜기 시작했노라고 〈비단회관〉을 내세우고 있으니 역
사왜곡은 개탄스럽기만 하다. "식탐과 포만을/ 다 뱉어내고/
맑고 투명한 액/ 속살 채워/ 나무 섶에/ 길고 가는 실로/ 새하
얀 고치 짓는다// 나, 나방 되어/ 푸른 뽕나무 가지에 깃들지
니/ 할미여/ 내 집 풀어 고운 명주 가지소서"(4~5연)를 거듭
되뇌고 싶다.

　시린 손 호호 불며 찾아드는
　초가집 안방 아랫목
　어머니가 언 손 녹여주셨지

깔아둔 누비이불 아래
더운 밥주발 묻어
큰아이 기다리시고
동생들 키우시던 어머니 모습

밑바닥은 언제나
사랑과 정이 배어
가마솥 누룽지마냥
누릇누릇 그을려 있었지

눈비에 주저앉은 토담
눈에 아련한 시골 초가집
아랫목 없어져
이 겨울 추워도
봄바람으로 가슴에 남아 있네.

– 〈고향집 아랫목〉 전문

　요즘 우리네 도시인들뿐 아니라 지방도시에도 날로 아파트 건축이 왕성해져서 좀처럼 찾아보기 힘든 것이 구들방의 아랫목이 아닐 수 없다. 한국인들의 전통 가옥 구조는 반드시 방바닥은 구들을 깔고 아궁이에서 장작불을 때며 가마솥의 밥을 지어 김이 무럭무럭 나는 뜨끈한 밥을 놋수저로 떠먹었던 겨울철 난방의 경제적인 생활 미학이 아니런가. 미풍양속, 좋은 것들이 세속적인 편리함이며 도시화의 속도화로 인해 자꾸만 사라져 가고 있으니, 오늘 독자 여러분과 함께 다시금

138

외워 보자. 아니 여러분의 자녀며 손자들에게는 전혀 낯설기만 한 민족어를 가르치는 것은 더욱 값진 일일 것 같다. "시린 손 호호 불며 찾아드는/ 초가집 안방 아랫목/ 어머니가 언 손 녹여주셨지// 깔아둔 누비이불 아래/ 더운 밥주발 묻어/ 큰아이 기다리시고/ 동생들 키우시던 어머니 모습// 밑바닥은 언제나/ 사랑과 정이 배어/ 가마솥 누룽지마냥/ 누릇누릇 그을려 있었지// 눈비에 주저앉은 토담/ 눈에 아련한 시골 초가집/ 아랫목 없어져/ 이 겨울 추워도/ 봄바람으로 가슴에 남아 있네."

잇대어 모정에의 절절한 그리움을 함께 감상해 보자.

뒤란 감나무 가지에
새벽달 걸릴 즈음

닭장 안 어린 수탉
어머니 졸린 잠 깨워
옷고름 고쳐 매고
쪽진 머리에 물동이
텅 빈 샘터로 내려서신다

밤새 내린 하얀 서리
차갑게 시린 물 한 대접
장독에 올려놓고
빌고
또 빈다

나의 태를 달고
세상 밖으로 나온 그 아이들
바르라고
바르게 되라고
손 모아
엎드린 허리 위에
푸르른 달빛이 비추인다.

– 〈어머니의 기도〉

　오늘의 젊은 세대들은 과연 이 시의 진실미를 파악하여 이
해할 수 있을까. "밤새 내린 하얀 서리/ 차갑게 시린 물 한 대
접/ 장독에 올려놓고/ 빌고/ 또 빈다// 나의 태를 달고/ 세상
밖으로 나온 그 아이들/ 바르라고/ 바르게 되라고/ 손 모아/
엎드린 허리 위에/ 푸르른 달빛이 비추인다"(3~4연)는데. 장
독대 위에다 정안수를 떠놓으시고 자식의 희망찬 장래를 두
손 모아 싹싹 비시던 우리네 어머니들. 이 즈음 사찰에 가서
좋은 학교 진학을 염원하며 108배 하시는 어머니들과 무에
다를 게 있을까. 혹은 입학 시험장 교문에다 '엿' 이며 '찰떡'
을 붙여 놓고 합격을 기원하는 광경과도 일맥상통하는 모습
이기도 하다. 차츰 사라져가는 우리네 미풍양속을 시인이 작
품화하는 모습에서 우리도 그동안 도시화 사회 속에서 뛰느
라 정신없이 잊거나 잃었던 위리 민족적 발자취를 거듭 형상
화시키는 박동석 시인의 시 작업은 참으로 존경심을 자아내
게 해 준다.
　그리고 초가을 큰마당 시렁에서 또는 초가지붕 위에서 허

옇고 복스러운 '박꽃'도 피었었는데 요즘의 향리는 어떤지 누구에게 물어볼까, 아니 박동석 시인에게 물어 보기로 하자. 아니 그보다도 박의 참다운 용도며 우리네 식생활 속에서 중요했던 바가지의 원형이라는 것을 젊은 세대들에게 꼭 일깨워주는 게 좋겠다.

이슥한 초가을 밤
구름 사이 달빛 드니
초가집 둥근 지붕
하얀 박꽃 피어 있네
지아비 여읜 그날
소복(素服)한 여인 같아

먼저 간 그 이에게
그리움과 외로움
넝쿨로 이어매어
크는 박에 고이 담고
귀뚜라미 우는 소리
긴 밤을 지새이네

이 가을 다 지나면
지붕 위 저 박속엔
그 많은 사연들이
씨가 되어 들었으리
지는 달 바래인 꽃

밤안개 살포시 감싸주네.

- 〈박꽃〉 전문

　좋은 시는 읽어서 자연스러우면서 순수함으로써 시의 진가
(眞價)를 잘 나타내준다. 박꽃은 바가지의 모태거니와 특히 향
리에서의 바가지의 용도 또한 다양했던 것이다. 오늘의 시대
에는 이른바 나일론 바가지가 등장했고 속어로도 좋지 못한
표현들이 왁자지껄하거니와 지금은 좀처럼 찾아볼 수 없는
박꽃과 그 생산물 바가지도 어느덧 우리 가슴에 그리움을 뭉
클하게 적셔 준다. "이 가을 다 지나면/ 지붕 위 저 박속엔/ 그
많은 사연들이/ 씨가 되어 들었으리/ 지는 달 바래인 꽃/ 밤
안개 살포시 감싸주네"(마지막 연). 독자로서도 여러 가지 상
념을 가슴에 담고 거듭 조용하게 음미해 보자.

　초여름 무더위에
　배롱나무 꽃망울 터뜨려
　긴 여름 백날 피고 진다

　수수 알갱이처럼 하나 둘씩
　활짝 꽃 피우면 분홍빛 양산
　노랑 저고리 다홍치마
　머슴애들 둘러 세워
　시집 오는 새색시
　수줍은 연갈색 속살
　바시시 가지를 떨고

떠나간 벗
두고 온 고향 그리워
사무친 그대 향해
잎새 흔들어 손짓한다

빨간색 가을을 물들이고
잎 떨구어 벗은 몸 안쓰러워
짚 새로 싸 다독이며
오는 봄 기다린다네

– 〈배롱나무〉 전문

　21세기의 현대시는 이제 구시대의 진부한 낡은 시적(詩的) 사고(思考)의 틀을 과감하게 깨뜨리는 〈배롱나무〉와 같은 새로운 시의 형상화(形象化) 양식(樣式)의 도입도 중요하다. "수수 알갱이처럼 하나 둘씩/ 활짝 꽃 피우면 분홍빛 양산/ 노랑 저고리 다홍치마/ 머슴애들 둘러 세워/ 시집 오는 새색시/ 수줍은 연갈색 속살/ 바시시 가지를 떨고/ 떠나간 벗/ 두고 온 고향 그리워/ 사무친 그대 향해/ 잎새 흔들어 손짓한다"(제2연)는 세련된 일상어(日常語)에 의한 민족어적인 이미지의 심층(深層)의 전환(轉換) 수법이 새롭고, 풍자적인 메타포(metaphor)의 기교 또한 매우 뛰어나다.

　우리는 지난 1960년대 김수영(金洙暎, 1921~1968)의 명시편들을 지금도 기억하고 있거니와 개성적인 시는 시문학적인 새로운 가치며 이상을 자신의 내부로 받아들여서, 객관적으로 창작 발상하는 '초자아'(超自我)의 시세계이다. 프로이드

(Freud, Sigmund, 1856~1939)는 "인간 개인의 개성(퍼스낼리티)
에는 3개의 가면(假面)이 있는데, 자아의 내부에서 선악을 판
단해내는 초자아야말로 참다운 제3의 가면이다"라고 지적했
다. 누구나가 그와 같은 관점에서 지시연의 개성적인 시세계
에 접근하면 좋을 것 같다.

    동네 안길
    허름한 상가 모서리에
    '칼국수집' 새로 생겨

    어머니, 며느리 모두 나와
    밀가루 반죽하고
    멸치 국물 내면
    풍기는 그 냄새
    동네거리 구수했지

    비라도 오는 날엔
    칼칼한 칼국수 한 그릇 맛깔나고
    추운 동짓날 새알심 든 팥칼국수
    절기 찾아 먹었는데

    여럿이 가면 자리 없고
    자동차 세우기 불편하여
    찾는 이가 차츰 줄어

    어느 무더운 여름날

찢겨진 간판 아래
식탁이랑 의자 용달차에 실려 가고
창문에 불이 꺼져

가게 얻은 빚만 남고
차린 목돈마저 사라져
문을 닫은 칼국수집
시름 잠긴 골목길
정을 팔던 국수집이여.

– 〈불 꺼진 국수집〉 전문

붓을 들고 시를 쓰면 누구나 시인이다. 여기서 기본적인 과제는 그 시인이 얼마나 새로운 콘텐츠(내용)를 그의 시작품 속에 세련되게 담느냐다. "가게 얻은 빚만 남고/ 차린 목돈마저 사라져/ 문을 닫은 칼국수집/ 시름 잠긴 골목길/ 정을 팔던 국수집이여"라는 마지막 연의 풍자적인 처리는 아픔의 미학을 추구하는 자세를 엿보게 해 준다.

여기서 지적하자면 이 시인은 천품적으로 시적 재질을 타고났느냐고 묻게 된다. 필자는 박동석 시인의 시적 재능을 높이 평가하련다. 그의 시세계에는 처음부터 끝까지 '인간애의 휴머니즘'을 시의 저변에 깔고 있다는 데 중점을 두고 값지게 바라보는 것이다. 시집 원고뭉치를 전해 받고 거기 그득 담긴 시작품들을 꼼꼼히 읽어 보면 그 시인의 역량은 저절로 나타나기 마련이다. 필자가 보기에 박동석 시인은 특별히 시문학적인 전문 교육은 받은 것 같지 않다. 그렇기 때문에 오히려

시집에 담긴 작품들이 매우 개성적인 순수한 흐름을 타고 있
다는 데 거듭 높은 평가를 하게 된다.

반가워라 아잘레아
지난 해 꽃잎 지우고
새 봄에 온다더니
앞뜰 베란다에 가득 피어
가지마다 연분홍 꽃
아름답구나

뿌리와 네 몸
늘 내 곁에 있어
물주고 살폈지만
긴 여름과 겨울
너 그리워 기다렸지

분홍 드레스
겹겹의 프릴
화사한 자태
일어나 잘 때까지
네 곁 떠날 수 없어
해 돌아 맞는 먼 여정을
소곤대는
너와 나
이 봄날 마냥 즐거워라.

　　　　　　　　　　　　- 〈나의 아잘레아〉 전문

146

〈나의 아잘레아〉는 '기교 아닌 기교'로서의 세련된 시어 구사로 선명한 이미지(image)를 집약적으로 표현하는 수사법(修辭法)으로서 레토릭(rhetoric)의 새로운 묘사가 구체적으로 제시되고 있다. 그 뿐 아니라 "뿌리와 네 몸/ 늘 내 곁에 있어/ 물주고 살폈지만/ 긴 여름과 겨울/ 너 그리워 기다렸지"(제2연)에서 보면 매우 예리하고도 예민한 리리시즘(lyricism)의 미적 감각(美的感覺/a keen sense of beauty) 표현 기법을 구사하고 있다는 데 주목하게 된다.

한국 현대시가 걸어온 지 어느덧 100년이 훌쩍 지났다. 1908년 11월 육당 최남선의 〈해에게서 소년에게〉 발표 이래로, 그동안 많은 시인들이 배출되면서 한국시는 발전되어 왔다. 이제 우리는 21세기라는 새로운 세기(世紀)를 살아가며 보다 더 긍정적으로 사물(事物)과 접하면서 더욱 적극적으로 온갖 사상(事象)을 새로운 시로써 수용(收容)하며 진취적(進取的)인 기상(氣象)으로 한국 현대시의 새로운 시문학을 형성해 나가야 한다.

이런 기로에서 박동석 시인의 참신한 인생시가 더욱 활기차게 전개될 것을 기대하련다. 동시에 그의 역동적(力動的) 이미지가 집약적이고 세련되게 묘사된 작품 창작은 앞으로 우리 한국시단을 더욱 빛내 줄 것이라 믿는다. 나는 한 시인에게 언제나 그의 평생에 가장 뛰어난 '한편의 시'를 기대하며 한국 시인들의 시작품들을 끊임없이 주목해 오고 있다. 박동석 시인은 〈누에〉 한 편으로써 이미 그의 뛰어난 시세계를 한국시단에 잘 보여주고 있음을 거듭 밝히련다.

박동석 시집

시는 말, 말은 시가 되어

•

지은이 / 박동석
발행인 / 김재엽
발행처 / 한누리미디어
디자인 / 지선숙

•

121-840, 서울시 마포구 잔다리로 35 서원빌딩 2층(서교동)
전화 / (02)379-4514, 379-4519
Fax / (02)379-4516
E-mail/hannury2003@hanmail.net

•

신고번호 / 제300-2006-61호
등록일 / 1993. 11. 4

•

초판발행일 / 2014년 4월 15일

•

ⓒ 2014 박동석 Printed in KOREA

•

값 10,000원

•

※잘못된 책은 바꿔드립니다.
※저자와의 협약으로 인지는 생략합니다.

•

ISBN 978-89-7969-477-2 03810